KB101934

모눈 지우개

외밀

모눈 지우개   김뉘연

용완에게

차례

일러두기
　　　한 편의 시가 다음 면으로 이어질 때 연이 나뉘면 다섯 번째 행에서,
　　　연이 나뉘지 않으면 첫 번째 행에서 시작한다.

목소리의 충동

낮은 출구를 찾았다.

말이 멈췄다.
말들이 넘어져 있었다.

소리가 멎었다.
소리들이 고여 있었다.

종이 아래의 일들.

뼈

현재형들의
소리를 돌려보낸다 소리는
다른 방향에서
온다 아무도
말하지 않고 누구든
말하고

진흙에 엎드려 모래를 찾는 시간

복도

걸으며 말하는 소리를 구부려 말하며 걷는 소리

버려진 말들을 주워 빈 단어들을 만지기 한 말과 한 말이
한 말이 되는 틈에서 내리는 말들을 맞고 뒤집힌 말들을 세고
헤아린 말들을 건네고 말들의 자국을 젖혀 한숨, 좁은 말들,
주름 사이를 점유한 숨들

귀 끝으로 듣기

이름

목이이룬

숲

새

하양음

귀에 말 귀

울림

너의 이명으로

뒤 덮는 이름 들 웃음 들 바뀐 뒤 말 들 건넨 건네진 위로 하양 하얗 하얘 소리 되고 있던 소리 뒤 남은 남겨진 소리 뒤 셀 수 할 수 없을 있을 확률 기어 다니는 구멍 아래 입방체

큰 이름에 우리는
덤볐다 크기는 얻었고 이름은
잊혔다 함께 우리의
이름도

껍질

　　습슬 습슬함 습슬함에 습슬함을 떠올림에 대해 습. 슬. 떠올려
부서져 사방에 내려앉은 물들 형식을 위한 오래된 음들 말들을
물리고 봉하는 습슬함에 이름과 습슬함을 잃음, 습슬함을 안다고
생각하고 습슬함을 알지 못하고 습슬함을 멀리하고 습슬함이
되돌아옴 습슬함의 머묾 부딪힌 자음들 부서져 내려 갖추지 못한
모양의 갖춘 모양 드러나 펼쳐져 버린 껍질을 주워 껍데기를
만든 어긋나 선 아이들이 이룬 드문 윤곽 교차하는 수런 어긋나
앉은 아이들이 유발한 망상 손끝에 올린 조바심 사이 입속말
모래가 진흙이 되던 시간에 말하는 사람이 안팎에 몸을 목을 기울인
흩트린 지나간 주의의 섬광을 믿기로 하고

막간

밖에서
거꾸로

습관의 속도를 벗어나 상황이 시간을 취하는 간격

적지 않은 것들이 엉겨 굴러 엉켜 구르지 않게 되기도
사라지기도 사라지지 않기도 한다고 본 이들이 들었다고 들은
이들이 보았다고 베껴 쓰는 이들이 받아쓰는 이들을 기록하는
이들이 기록된 이들을 하려던 이들이 한 이들을 감추는
이들이 감춰진 이들을 지우려 한다고

말과 음이 밤과 꿈이 될 때
세 개의 점이 두 개가 되고
질문은 더 이상 미루어지지 않는다

괄호

흰 꿈들, 바닥이 운명으로 삼아진, 계속 하얀 단편들

우리는 회색과 회색을 측정했다 회색들 점진 벽으로 벽에 기대어

쉬는 이들이 쉬는 이들은 쉼 없이 엎드려 있지 않는

모두 알고
모두 떠나고

부유하는 부류

닮은 색으로 밀려오는 지나간 모래
얼굴을 가린 단편들
오래 오랜 자리에서 몸을 구부린 이들이 목덜미의 일부를

처음으로 목을 세우는 일

여집합

말줄임표의 맞은편에서

　　말했던 말을 말하기, 다시, 했던 말을 다시 말하기, 말을 돌려
말하기, 다시, 돌려 말, 하기, 말 돌리기, 말에 말, 더하기, 그렇게
말이 되기.

　　다시. 말하기. 말했던 말을. 다시. 더하기. 말에 말을. 다시.
돌리기. 말을. 다시. 되기. 말이. 그렇게.

　　너는 그것을 말했다. 나는 그것을 들었다. 그것은 너를 말했다.
나는 너를 들었다. 너는 나를 말했다. 나는 나를 들었다.

　　우리는 말하며 걸었다. 우리의 말해진 말은 우리에게 들리지
않았다. 우리는 들리지 않는 말을 했다. 그렇게 해진 말들을
걸었다. 해어진 말들과 함께.

　　안에서 밖으로, 밖에서 안으로, 안에서 안으로, 밖에서 밖으로,
사방으로 걷기, 사방에서 말하기, 사방을 걷고 말하기, 안의 밖을,
밖의 안을, 함께, 그렇게 다시.

　　작은 말들을 줍는다. 작은 말들을 만진다. 작은 말들이 작게
말한다. 작은 말들을 크게 듣는다. 커진 말들. 큰 말들을 굴린다.
굴러가는 말들을 본다. 말들을 뒤따라 걷는다. 뒷모습. 말의. 큰.
작았던.

말의 뒷모습을 본다. 뒷모습의 말을 듣는다. 말은 말을 계속한다. 계속되는 말을 듣는다. 말의 뒤를 따라 계속.

상자와 상자 사이 간격을 조정하기.

간격에 서서 말하기.

말의 간격에 서기.

말을 줄여
말이 없어져
이름
여섯
여섯 개의 이름을 쓴다
이름을 써서 말을 생략하기

남은 점들
이름으로 흩어진

점의 이름들을 지워 나가기

확대된 표면의 얼굴
소리들이 빚은 형상의 뒷모습

남겨져야 할 말들의 시간을 찾아서 말의 자리로

다각형 말들을 굴려 본다 말들의 시간을 말들의 공간을 찾아서
말들의 사이의 시간의 공간에서

　　　말을 하지 못하는 시간과
　　　말을 쓰지 못하는 시간과
　　　사라진 말들의 시간

　　　매일 같은 말을 다르게 쓰기 그렇게 같은 시간을 다르게 채워

　　　나가기

　　　말의 빈자리로

구두점

전염된 말들
사이
사이
구두점들을 뒤따라

같은 말들의 다른 형상

어떻게 그렇게 되는지 어떻게 그러한지 어떻게 그것인지
그것은 어떠한지 그것이 어떻게 어떤 그것이 형태의 경계와
그 바깥에서 형식과 형식에 속하지 못한 것들 사이에서 닫힌
상자 속 열린 상자 속 말들이 넘쳐흘러 흘러넘쳐 닫힌 상자를
채우고 열린 상자를 비운 방에서 나의 말은 너의 말을 따라 있고
나의 말은 너의 말과 겹치지 않고 너의 말은 나의 말을
닮아 있고 너의 말은 나의 말과 겹치지 않고 겹겹이 간격 위의
위에서 아래의 아래 버섯의 냄새들 공중 약속

누구나 내일을 말한다
내일이 궁금하지 않다고 말하기 위해
나는 너의 내일에
너는 나의 내일에
속한다 우리는 그렇게 하나가 될
그것이 우리의 내일

그 정도 연습

그대로 보고 그대로 말하기 그대로 듣고 그대로 말하기
말한 대로 쓰기 쓴 대로 읽기 읽은 대로 생각하기 생각한 대로
하기 혹은 보고 들은 대로

　　제자리에서

　　우리의 말들을 겹치기 위해 내뱉기 너는 나의 말을 하고 나는
너의 말을 하고 나는 나의 말을 듣고 너는 너의 말을 듣고

　　몸이 구부려져 있다
　　의자에.
　　몸이 펴져 있다
　　탁자에.
　　구부려진 몸을 편다
　　의자에.
　　펴진 몸을 구부린다
　　탁자에.

　　거기
　　말들을 내어놓기

반수면

소리쯤이었을 사물들을 보여 주기 현상의 흔적들이 물러나
만났을 일관된 가정들이 한껏 품은 내일을 벗어나 어제에 갇힌
움직임들은 측면을 보여 주지 않고

가져 봤던 침묵
소리 없음을 그만둔 사람

반원 바닥
움직이는 곡선을 추리하는 몸을 끌고
목소리를 청소하기

문 앞에서 다시 시작되는 끝을 듣고 있다

적은 시간을 적을
두 번째 시간

모양

네모를 쓰기
네모에 대해
네모의 형태를 갖춰 나가며
네모의 형태를 갖춘 것들을

작은 네모
큰 네모
작아진 네모
커진 네모
작아지지 못한 네모 작아지지 않은
커지지 못한 네모 커지지 않은

둥그레진 네모를 쓰기.

둥그레진 네모를 굴리기
둥그레진 네모를 세우기
둥그레진 네모를 만지기

둥그레진
네모.

형식적 네모 형식을 위한 형식을 벗어난
네모 장식적 네모 장식을 향한 장식 아래의
네모 형식적 장식의 장식적 형식의
네모

둥그레진.

종이와 유사한 대상

종이와 유사한 대상이 종이와 유사한 점은
비어 있다는 점 비어 있다면
종이와 유사하다 그러니 빈 컵에 글을
쓸 수도 있을 것 빈 책상에 빈 의자에 빈 벽에 빈방에
일인용 책상과 의자 표면이 비어 있지 않은 사용된 시간이
흔적이 된
내게는 방이 없고 일인용 책상과 의자가 나의 일인용 방이
되어 가고 있다 흔적이 채워져 가고 있다 비어 있지 않은 방이
만들어져 간다 그러니 나는 빈방을 가질 수
없다 빈방에 글을 쓸 수 없다 방은 없지 않았다 방은 드러누워
있었다 이제 방은 일어났다 방은 일어났으니 걸어가거나 혹은
달릴지도 모른다
말의 우회로를

빈 곳 아닌

그렇다면 빈 곳이 아닌 곳
조각글과 조각말이 어긋나 맞물린
교차로 아닌 곳
종이와 공존하는 방법을 찾아서
작은 종이에 작게
큰 종이에 크게

婁燁

빈 곳 아닌 곳을 비추는 몸짓

중간에서 중간을
찾아 거기 서지 않기 그렇게
시작하기

종이접기

바람을 입고 바라보는 눈이 된 껍질에 대한 이야기
구부린 사람들에 대한
없는 것들을 만지는
말들이 펼쳐진 탁자
앞에 앉기
이어
몸을 구부리기

오늘

하양이 펼쳐져 있다.

펼쳐진 하양.

하양.
펼쳐진.

환한 어둠.

시간의 껍질을 뒤집어 본다 뒤집어 만져 본다
오늘이었던 어제의 표면이
오늘일 내일의 표면과
맞닿아 있고 그래서 어제를 그래서 내일을
만질 수 없고
오늘 그가 만지는 뒤집힌 표면은 오늘의
다른 이름

그의 꿈

그의 꿈은 낮에 모여 밤에 펼쳐지고 낮잠을 자는 그는 밤을
기억하지 못한다 다만 언젠가의 낮을 기억할 뿐 여느 낮과
별다를 바 없다고 기억되는 언젠가의 다만 기억될 뿐인 기억으로
남아 있는 그것이

꿈
그의

매일 오늘을 기념하는

흰

하얀색 잉크를 구했다
흰색 위의 흰색이 되기 위해
하얀색은 흰색이 될 수 있을까
하얀색은 깨끗한 눈이나 밀가루와 같이 밝고 선명한
흰색이라고, 그러면
흰색이 하얀색이 될 수 있을까
흰색은 눈이나 우유의 빛깔과 같이 밝고 선명하다고, 그러면
그건 백색
종이 위에
여러 백색
눈, 밀가루, 우유,
눈이
밀가루로
우유는 친구를 위해 마시지 않고
나의 눈으로 나의 친구를 바라보고
우리가 아는 그것을 눈으로 볼 수 있다는 그것
너의 눈으로
너의 우유를
유리가 맑고
우유가 하얗다
우리의 눈에 그것은 희다
눈과 같이
흰
단어
가루
부서져

잘
못
내려
앉은
종이에
희게.

벽돌

벽돌
하나

벽돌 하나를 가방에 넣는다
벽돌이 든 가방을 멘다

벽돌이 든 가방을 메고 다니는 사람이라면

벽돌 가방을 메고 걷는다
가방 벽돌을 손에 쥐기도

가방에는 뭐든지 담을 수 있고 이를테면 벽돌 이를테면 구멍

구멍에
구멍

가방을 들고 다니고
말들이 흘러 다니고

가방
하나

구멍
하나

단어
하나

어제

어제 너는 띄어쓰기를 많이 고쳤지.

어제 무얼 했는지 생각나지 않는다는 말에 너는 답했다.

어제 내가 띄어쓰기를 고쳤구나.

띄어쓰기를 고친 하루.

그것이 어제.

어제 나는 띄어쓰기를 고쳤다.

어제 나는 띄어 쓰거나 붙여 썼다.

그것이 나의 어제.

너는 어제 내가 띄어쓰기를 고쳤다고 말해 주었다.

너는 어제 내가 띄어쓰기를 많이 고친 것을 알고 있고 그것이
너의 어제.

어제 너는 띄어쓰기를 많이 고쳤어.

네가 들려준 나의 어제 그건 네가 말한 나의 어제.

그것이 어제 우리의.

붙여쓰기

너의 말들과 나의 말들을 붙여쓰기.
바닥길.
너는 바닥을 그리워하고, 나는 길의 냄새를 분별해 낸다.
숲벽.
너의 숲의 나의 벽이 나의 숲의 너의 벽.
바다집.
나의 바다로 달려
너의 집으로 걸어
천장말.
너의 천장에서 떨어지는 나의 말들의 천장.
풀웃음.
너는 풀 냄새 사이에 나는 웃음으로
잔디춤.
잔디를 만지는 너는 나는 춤을
소리해.
소리를 네게, 나의 해를,
길풀.
내가 분별해 낸 길의 냄새를 너는 풀이라 불렀다.
해잔디.
나의 해와 너의 잔디가
소리숲.
너와 나의 소리가 나와 너의 숲에서
바닥웃음.
바닥에서, 너의 웃음, 나의 웃음,
천장춤.
나의 천장에, 너의 춤으로,

풀바다.
너의 풀을.
나의 바다가.

낱말

말들이 낱말로 흩어져 있다.
낱말들을 모아 말 상자에 담아 둔다 그러다 상자를
흔든다 말 상자를 흔드는
소리 말 상자에서 낱말들이 굴러다니는 소리 낱말이 뒤엉켜
문장이 되는 문장이 겹쳐져 단락이 되는
거기까지.
단락을 만들기로 하고, 멈춘다.
상자를 연다.
구석
뭉치
손을 뻗어 말들의 덩어리를 흐트러트린다.
말들이 풀려
사방
낱개
말들이 낱말로 흩어져 있다.
낱말들을 모아 말 상자에 담아 둔다 그러다
상자를

오독

거울이라고 쓴 너의 말을 겨울이라고 읽었다
겨울이 차다고
거울이 차갑다고
너의 손을 만지며 안다
너의 손은 차다
여름에도
너의 여름은 차다
나는 너의 손을 항상 잡아야 하고
나의 여름은 차다
우리의 여름은
우리의 겨울은
우리의 거울은
깨지지 않았고
아직
차다
계속
너를
나를
보이는 거울, 겨울이라는, 여름인
차고 깨지지
않은
아직은

방

손.
내밀어 봐.
그의 말을 본다.
말들을 골라 만져 그에게 보여 준다.
봐, 손.
여기가 나의 말이야.
그는 나의 말을 쥔다.
그리고 방으로 들어간다.
그래, 여기가 너의 말이야.
그러니 여기에 있어.
나의 말들과 함께.

바닥

너는 너의 방이 작다고 말한다.
나는 너의 방이 작다고 적는다.
작게.
작은 글자들이
작은 종이에
바닥에.
작은 종이 바닥을 오려 낸다.
글자가 일부로 남을 때까지.
작아진 종이들을 바닥에 늘어놓는다.
글자의 일부들이 도형을 이룬다.
지면.
일그러진.
너는 나의 책의 지도를 본다.

오후

낮은 탁자가 있었고
방석이 있었다.
둥근 컵이 있었고
휴지가 있었다.
나는 낮은 방석에 앉아
높은 탁자를 바라본다.
휴지 한 장
그것으로 컵을
둥그렇게 감싼다 휴지가 둥그레지고
둥그레진 휴지를 손으로 감싼다 손이
둥그레지고
나는 방석에 둥글게 앉아
있다 그리고 오후를
기다린다.

세 시

오후 세 시에 오전 세 시를 겹쳐 본다
세 시에 잠이 오지 않아
세 시에 잠이 들었다
반으로 접힌 하루가 두 배
잠에서 깨어나 하루를 편다
길어진 하루 앞에서
길을 잃고
하루를 다시 접어 버린다
반으로
반으로
거듭 접힌 하루가 네 배
그것이 오늘 주어진
오늘의 하루.

목요일

목요일이라고 말해 본다.
목요일이라는 말이 목에 걸려 컥컥거린다 목요일이라고
말해 봐 너는 목요일이라고 말할 수 있어 말할 수
있을 것.
목요일이 목에 걸렸다고 말해야 하는데 말 나오지
않고 나오지 않는
말
중얼대고
목요일,
목요일,
보고 있어? 나
목요일이라고 말하는 중
안 들려, 목요일이라고
말해 봐
목
요일
이라고
말해
봐
목요일
말했고
들리지 않았고
너에게
나는 목요일이라고
다들 나를 목요일이라고
부른다고

나의 이름이

너의 이름은

목요일이라고

목요일이라는 이름이라고

목요일이라는 말이 목에 걸려 컥컥

이름을 목에 걸고

입을 벌려 목을

보여

줄게

이름을

오후

오전. 할 일을 하다 말고
오후를 본다.
내게 오후가 남아 있지.
그래, 오후가 남아 있어.
오후를 보며 안심한다.

오전. 할 일을 하고
오후를 본다.
내게 오후가 있지.
그래, 오후가 있어.
오후를 보며 안심한다.

내게 나의 오후가 있고
너의 오후를 건드릴 마음이 없다.
너의 오후는 너의.
나의 오후는 나의.
너는 나의 오후를 건드리지 않기.
나는 나의 오후에 오전을 내려놓는다.
나의 오전으로 생기는 나의 오후에 오전을 내려놓기, 오후는
나의 하루가 되고
나는 오후를 보며 안심한다.
내게 오후가.
그래, 오후가.

일요일

글자를 작게 써 본다.
작은 글자로
일요일.
같은 글자가 두 개.
같은 자음이 두세 개.
일요일을 본다.
작게 적힌 일요일.
작은 일요일.
작고
작아서
일요일로 머무는 일요일.

수건

하얀 수건을 샀다.

작은
하양

수건을 샀고
깨끗해진 기분에 조금 걸었다.
주머니에 수건.
주머니에서 수건을 꺼내 보고 싶다.
작고 하얀 수건을 꺼내서 보고 싶다.
내 주머니에 이런 거.
들어 있어.
내 주머니에서 수건을 꺼내
네 주머니에 넣고 싶다.
네 주머니에 이런 거.
들어 있네.
작은 하얀 수건.
같은 거.
그건 주머니에 들어 있을 그런 거.
나는 주머니에 수건을 넣어 가지고 다니는 사람이 되고
너를 주머니에 수건을 넣어 가지고 다니는 사람으로 만들고
싶고
작고
하얗고
수건
그런.

맑은 기분에 조금 걸었다.

주머니에

수건

연필이 쥐어지지 않고

손안에

지우개.

베개

　그제까지 얇은 베개.
　얇은 베개는 좀처럼 벤 것 같지 않아서, 머리를 이리저리
굴리는 데 유용한 편.
　어제는 두꺼운 베개.
　두꺼운 베개는 상당히 벤 것 같아서, 머리를 이렇게 저렇게
움직이기가 어려운 편.
　너는 머리를 즐겨 굴리고
　나는 머리를 가만히 두는 편.
　어제, 두꺼운 베개.
　그제, 얇은 베개.
　너는 그제로 돌아가기로.
　어제의 어제에
　너는 얇은 베개를 베었고
　너는 머리를 가능한 한 굴렸고
　어제의 오늘에
　나는 두꺼운 베개를 베었고
　나는 머리를 주어진 그대로 두었고
　너는 오늘 어제의 어제로 돌아가기로
　바닥으로.
　나는 오늘 어제의 오늘로 돌아가기로
　천장으로.

베개

　　베개를 쓰다 보면 베게를 쓰게 되는 시간이 온다 배게를
쓰게 되는 배개를 쓰게 되는 시간도 없는 말들을 데리고 다니는
단어가 있음 베개 지금 없음

베개

베개,
부른다.
베개가 굴러간다.
베개라는 말이 입에서 떨어져 굴러
어디로 간다. 어디로?
어디로.
베개가 구른다.
입에서 입술에서 떨어져 어디로 굴러가는
베개,
부른다,
입으로, 입술로,
베개를 불러 굴린다.
어디로?
어디로.

베개맡에서
베개말들을

부른다,
베개,
굴러간다,
어디로,
베개라는 말이.

접경

구부려진 안경을 펴서 걸친다.

오렌지 아닌 레몬

걸친 안경을 들어 본다.

레몬이 둥둥 떠서

안경을 얼굴에 기댄다.

굴러다니기 시작한 레몬

안경을 빼서 여러 겹 접는다.

이리로, 레몬,

뒷주머니에서 수건을 꺼낸다.

레몬!

수건으로 접경을 감싼다.

오렌지가 아니어도

수건에 감싸인 접경을 앞주머니에 넣는다.

오렌지가 아니어서

겹쳐진 경계의 도형 바구니

오렌지를 꺼낸다. 오렌지여서

바구니에 남아 있는

레몬이어서

잔 인사

잔에
차를

너는 내가 쓰는 글자를 알아보기 쉽지 않다고

사분의 삼 따라 둔다.

나 아닌 누가 입을 대고

나는 악필이 아니고
너는 내 글자를 알아보지 않고

나는 글자를 적고, 흔들어 잃어버리고,

이불 속

거기서 삼분의 사를

컵 인사

컵에
물을

유리컵은 투명하니까
물은 투명하니까

삼분의 사 따라 둔다.

탁자 앞에 서서
사분의 오 물을 마신다.

너는 그런 사람.

의자에 누워 탁자에 서는 그림을 그린 그런

하루의

접시

너는 접시를 오래 씻는다.

다 씻긴 접시 하나.

나는 글자를 오래 빚는다.

다 빚어진 글자 하나.

너는 오래 씻은 접시를 금세 깨뜨리고

나는 오래 씻긴 너의 접시를 몰래 가져오지 못하고

오래 빚어진
나의 글자는

물기

그릇을 씻어 탁자에 올려 두면 바람 냄새가 난다고
작은 컵 셋
큰 컵 하나
중간 정도
두 잔
컵에
잔에
바람이 불어오기를
기다리면서 탁자에
몸을 의자에
기다린다.
모르는 시간이 흐르고
컵을
잔을
들고
거기
물기.

금요일

금요일에 비가 내린다는 소식에
긴 시집을 꺼냈다
이것은 금요일용 시집
다시 책등을 본다
환해
눈이 부시고
말았고
무얼 더 켤 수 있을까
눈이 흐려지고
말았고
금요일용 시집을 오늘 볼 수 없고
오늘은 울고
말았고
수요일에는 비가 오지 않았다

산책

다시
나는 너의 뒤를 따라다니고 그러면서 이것은 산책이 아니라고
중얼거리고
돌아오는 우리
킁킁 이것이 너의 즐거움의 냄새
나의 몸에 너의 즐거움을 새겨 넣기

다시 나는 너의 뒤를
따라다니고

이것을 산책이라고 생각하자, 중얼거리고
그러면서 우리는 돌아온다
너의 끌리는 발걸음을 끌어안고
이것이 너의 끌림의 형태
나의 몸에 너의 끌림을 겹쳐 두기

다시 나는 너의 뒤를 따라
모두들 산책이라고 여기는 그것을
중얼거리며
돌아온다
우리가 우리에게 연결되어
반드시 돌아오기

눈이 내리고 나도

언덕

언덕을 오르는 사람과
언덕 앞의 사람

언덕을 쓰다듬고 싶어지고

언덕에 올라 담소를 나누는 이들의 시간은 언덕 아래에서
이야기하는 이들의 시간과 겹쳐질까

언덕을 쓰다듬고 싶고

언덕을 오르는 친구에게
언덕 아래에서

언덕을 쓰다듬고 싶어

아주 크게

언덕을 오르는 친구에게
언덕 위에서

언덕을 쓰다듬어

아주아주 크게

언덕을 오르는 사람과
언덕을 쓰다듬는 사람

공원에서

공원에 가고 싶어

주머니에
휴지 하나

휴대용

너
없고

그러면 공원에 갈 수 있지

공원에 간다.

공원에서
너를 만날 수도 있겠지
전할 인사를 정해 두고
걷는다
공원
인사를 암송하며
두 여자가 걷고 있었지, 그들의 검은 그림 떠올리며

공원이 나오는 영상

공원을 오래 걷는다.

공원은 점차 어두워진다
나는 검은 그림 가지게 되고
너를 만나게 되지는 않고 있다
암송은 형태 없는 음으로 떠돈다
너에게 전하는 인사, 너 없는,
어둠의 기이한 익숙함
달려야 할까

주머니에
휴지 하나

공 하나
있었으면

공원을 계속 걷는다.

긴 의자
공원에는 긴 의자가 있으니까

음의 형태를 만들어 본다
세 변이 조합되도록
다섯 개의 선이 만나도록

긴 의자를 만끽한다.

계속
공원

공이 하나 있었으면
온갖 종류의 도형을 만들 수 있었을 텐데

물 흩어진다

물을 거꾸로 바라본 친구
그러면 시간이 거꾸로 흐른다고
고개를 끄덕였던 것 같다

주머니에 휴지

물구나무는 없고
물구나무서기는 있네
대신 고개를 기울여 본다
아무도 나의 늘어난 목에 눈을 두지 않고
아무도 비뚤어진 물방울들을 눈에 두지 않고
아무도 모르는 공원에서

어긋나고
시간

흩어지는 물

주머니에서 휴지를 꺼낸다
한 그루의 물구나무를 심기 위해
그리고 긴 의자에 누워 물구나무를 만끽할 것

주머니에
휴지가 있으니까

잔디

잔디에
물

온 시간이 거기 있다고 생각하던 시간이 있었어

방울이라는 말이 굴러가고

가만히 입을 벌려

가만히 입을 다물어

본다

물에
잔디

온 시간이 나를 비껴간다고 생각하던 시간이 있었어 아니 그 시간조차

방울이라는 말이 굴러가고

가만히 입을

금요일

항상 비

우리는 금요일에 비가 내리기를 기다리고

너는 잠에서 깨어

창문 열고

비

올 것 같은

울 것 같은

창문을 열어 열릴 수 있는 만큼을 넘어 사라진 창문이 될 때까지 더 더

너는 잠을 쓸 수 있다는 생각이 들고

비가 내리기 직전의 몸들

너는 잠에 대해 쓰기 시작한다

잠이

잠으로 이어지는 경첩에서 나는 소리를 듣고 있다
마침표를 남겨야 할까, 남기지 않기로 하고
떠도는 말들을 하나씩 채집한다
그걸 말이라고 할 수 있다면
그걸 말이라고 부를 수 있다면
나는 그걸 너의 말로 듣고
나는 너의 말을 안다고 생각하고
네가 문과 문을 연결한 것도 아닌데
나는 너의 말을 안다고 알고 있어서
말들이 한 바퀴를 돌아 자리에, 자리가 하나씩 어긋나 버렸고,
빈자리 하나와 빈말 하나와 나
나는 빈자리에 앉아 버린다
빈말은 내 머리 위에 얹고
미끄러뜨리지 않도록 주의하면서
앉아 있는 데 힘쓴다
머리 위에 빈말
떠나보내야 하는
마침표 없는

잠을

　　보고 있다 그것이 자꾸 움직여 가까워지려 하고 나는 그걸
밀쳐 낸다 계속
　　보고 있다 그것을 밀쳐 내는 만큼 그게 거듭 다가온다 나는
　　보고 있다 그것이 밀착해 오는 냄새를 아주 오래된 냄새
피부가 되어 버리는 그런 입자를
　　보고 있다 구르는 돌들을 그걸 돌이라고 말하기로 하는 나를
　　보고 있다 내가 나를 보고 있는 나를 어떻게 잠을
　　보고 있다 잠을 나를 나를 잠을 잠에게 나를 보여 주고 나에게
잠을 보여 주고 서로를
　　보고 있다 우리는 서로를 서로라고 믿고 있는 그것을
　　보고 있다 약속하지 않은 시간 이십구 시까지 삼십일 시까지
　　보고 있다 약속을 먹어 버린 시간의 돌들이 구른 궤적을

잠은

　잠이 좋았다 잠은 높은 얼굴의 소유자였고 무엇보다 낮은
목소리 소리는 낮을수록 좋다 잠의 목소리는 낮고 또 낮아서
수렁에 빠진 기분에 들게 했다 수녕이라고도 불리는 웅덩이 진흙과
개흙이 곤죽이 된 다음 물과 섞여 괴어 버린 바닥 갯바닥 늪 바닥
거무스름한 미끈미끈한 고운 유기물이 뒤섞인 거기에 엎드려 손을
넣는다 발을 넣는다 그대로 기어가지 않고 있기 소리는 낮을수록
좋으니까 몸을 낮춰 낮게 더 낮게 더 낮게

잠에게

돌아간다
너무 멀리 돌아왔기에
내가 여기에 있다는 두려운 감각
돌아가야 한다는 생각
돌아가기 시작
돌아가기 시작한다
펼쳤고
정방형
덮고
정방형을 향해
돌아간다 너무 멀리 돌아왔기에
돌아가야 한다는 생각으로 돌아가기 시작한다
생각이 돌아가고
몸이 여기에
있다
아직
두려워하며
반복되는 사각형들의 잔상에 갇혀

잠에서

넘어졌다
공원을 걷다가
말들을 흘리다가
걸려
버려
넘어져
공원에
그래, 다시 공원에
항상 공원에
주머니에
휴지 있었고
그래서 공원에
공원에서

잠에는

호흡이 있다 호흡의 표면에 난 물집을 봤어
원이 흔들리고 있었고
손가락을
얇고
부드럽고
소리
상당히 묵직한
그것을 손으로 떠서 들여다본다
참았던 숨을 내쉬어
본다
부유하는
물들
표면으로
헤엄

잠에

겹쳐
본다
너를
모음이 두 개
자음이 세 개
발소리를 닮은 그걸 보고 있다
너는 잠에 밤이 들지 못한다고 그래서 나는 너를 대신하기로
모음이 둘
자음이 셋
너의 잠의 밤을 소망하며 대신
걷기
소리로

잠의

문장들은 반복된다고
너는 말하고 있었고
나는 고개를 숙이고
잠이 오고 있었고
고개를 들고
잠을 맞이하기로
곧은 목이 부끄러웠던 시간은 오래전에 지나갔지,
이제 목을 바로 세워야 할 시간,
고개 들어 잠을 필경한다
잠을 고르고 글자를 뿌려 단어를 거둔다
문장을 만들기 위한 시간
문장들은 반복된다고
했으니까
나의 문장들도 언젠가 나를 되풀이하리라고
잠을 맞이하며 생각
잠이 오고 있었고
나는 고개를 들고

잠과

함께라는 말을 어떻게 받아들일까
규칙적인 고갯짓으로
앙상한 웃음으로
부드러운 불안으로
먼지투성이 의심으로
공중 부양으로
나는 너와 날아오른다
함께라는 단어를 돋움 삼아
모래알 속으로
내 귀를 모래알로 채울 수 있으니까 모래알을 흘리며 걸어
다닐 수 있으니까 네가 모래알들을 주울 수 있으니까 주우면서
따라올 수 있으니까
우리는 모래알을 헤집으며 너의 날씨를 헤아린다

너는 나의 날씨를 궁금해하지 않는다

잠으로(부터)

도착한 긴 소설.
읽을 수 없어 듣고 있었다
분명하지 않은 발음들이 새어 나와
공원으로
여전히 공원.
발음들이 둥그렇게 서 있다
나는 발음들을 움직여 보고
안으로 바깥으로
계속 공원.
그럴듯한 이름을 가지기란 여전히 어려워 보이고
여전히 공원.
긴 의자
주머니에
휴지.

그림자놀이

말놀이를 하고 있었고
그건 그림자놀이
말놀이가 끝날 때까지 알지 못했다
말놀이가 끝나지 않았으니까
작은 새가 작은 새로 있고
큰 개가 큰 개로 있고
말놀이는 말놀이로
그건 그림자놀이
새 짖는 소리
개 짖는 소리
그건 그림자놀이
끝난다면 말놀이가 아니고 그러면 그건 그림놀이
그림자놀이가 되고 싶은

모서리

모서리에서

모서리의 이름은 망각

모서리에서

망각의 이름은 모서리

모서리에서

한복판으로

한 걸음

뒤로

사유지에서

음영 뒤
여기서 여름을 연습할 것
페달을 밟아 시제를 휘발시키기
여름의 매듭은 갑자기 지어진다 그러니 여기서 조명의 각도를
질문이 선언으로 들렸던 옥상의 여름을 상기하며
행인이 될 수 있는 행운을
그러면 소매로 옷깃을 만들 수 있고 그러면 구두로 모자를
만들 수 있고 그러면
관리인의 촛대에 외투를 걸어
후견인의 구둣솔을 주사위 삼아
공백의 목록을
목록의 공백을
물음표로
쉼표로
느낌표로
말줄임표로
마침표는 말고
너는 지붕에 올라 덤불 너머 지평선을 조망하며 체조한다
운동장을 알지 못하는 채
공을 알지 못하는 채
관리인에게 양초를 켜 달라고 부탁해
후견인에게 벽돌을 구해 달라고 부탁해야 해
양초와 벽돌을 들고 공유지 산보
불면이 습관이 되어 버렸으니까
여름은 밤에 오고 그러니 지금 여기서 여름을 연습할 것
그러면

옷깃으로 소매를 만들 수 있고 모자로 구두를 만들 수 있고 그러면

페달을

열람실에서

　　열한 시 우리는 농수산물을 맞교환할 계획을 세우고 열 시의
너는 면양의 뿔을 더듬는다 하양 위에 하양으로 솟아 선회하는
온순한 말들 말들의 온순함 너는 너의 병실에 너의 말들을 흩어
기르기로 한다 선형의 불가항력을 변론 사이에서 연쇄 재발하는
이본들로 덮어 보면서 검정 위에 검정으로 잔류하는 화면을 따라
미세증거를 훔칠 수 있다면 말을 옮겨 병을 막을 수 있다면

　　너는 여기 우리는 여기까지

지각에서

　　멀리 바라본 조각은 작게 보였다 너는 허상을 보는 데
익숙하니까 종이를 대 보면 아무것도 나타나지 않고 차라리 종이를
구겨서 멀리 던져 보면 거기 닿을 가능성 구석에 부리에 새가
거기 껍질에 닿을 가능성 새는 바깥을 공유하는 방법을 알고
있으니까 우리도 새를 따라 날기 표면을 문 없는 벽 없는 표면으로
좁은 구멍을 통과하는 물의 분량을 일일이 헤아리면서 외계의
감각을 하나씩 수용하면서, 천천히,

진입로로

　　거품에 휩싸여 가기 그러면 묻은 얼룩이 조금 지워질 수도
있고 아이스크림 먹으며 복도 문지방을 위에서 내려다보기 그러면
문턱을 넘지 않아도 되고 사각형 지면에 요철 내가 아는 가장
완전한 단어 담요 이불 내가 아는 가장 어려운 단어들 거품이
비늘로 남아 미끄러진다.

휴면기

　　혀끝으로 진동수를 세며 누워 있다 유리세포를 알게 되었고
서로 다른 화면비로 서로를 바라보는 우리를 알게 된 오늘
날 달리 보던 눈을 떠올리지 않기로 한다 대신 첨탑 너와 올라 보고
싶던 한복판을 작게 차지한 그것 화면밖에 발광하던 입자들의
외곽 도상학을 따라 기보법을 따라 액자를 유리를 구해야 하는데
눈꺼풀로 진동수를 세며 누워 있다 너를 구해야 하는데

일조량

　　나선을 따라 걷다 층계참을 발견했다 여러 차례 나는 거기
잠시 머물러 보기로 하고 앉는다 편다 우산 단춧구멍이 난
단춧구멍이 달린 단추를 끼우기 위해 우산에 뚫은 구멍인지 우산에
꿰어 달기 위해 단추에 뚫은 구멍인지 사이시옷의 사이로 창을
바라본다 마침 해가 드는 장면 나는 해를 붙잡아 두기로 하고
장면에 마침표를 단다.

화살표

    화살표의 모양. 너는 휘어진 화살표 허리가 걸린다. 우리가
처음 보는 형태. 눈에 걸릴 수도 있지만 어딘가에 걸 수도 있는데.
의외의 실용성을 배제하기. 왼쪽으로 오른쪽으로 향하는 형식은
낯익고 낯설다. 안을 돌아보는지, 밖으로 나가 보는지, 나를
돌아보는지, 너를 바라보는지. 극단적 우회. 화살표 지우기. 기능을
남기되 형태를 증발시키는 방법. 우리의 문장은 빈 지면이 되고.
그러면 지면을 드러내기. 지면은 표면이니까. 그러면 지면을 만지면
화살표가 어떻게. 솟는다, 솟구친다, 치솟는다, 솟아오른다,
솟구쳐 오른다, 치솟아 오른다, 올라온다, 올라간다, 다카포, 디시,
그래서 여기서 다시 돌아가게 됐는데 그래서 여기서 처음으로
다시 돌아가려면,

이것

　　남이 건넨 이것은 사과나무의 열매이고 수세미외이고
사과참외이고 사과차뫼이고 사과차퉤이고 남은 용서를 빌었고
용서를 했다 폼므 열다섯 프레즈 열일곱 프룬 열네 알 파인애플
스물네 알 파파야 열여섯 패션프루트 서른한 알 패션후르츠
서른 포도 열한 알 청포도 열여덟 이것은 과일 다이어그램 용서가
날아가고 설객이 날아오고 나는 남의 글씨를 쓰고 沙果라고
砂果라고

모눈

너는 동그라미를 두려워하니까

종이와 자

점선면
점선 면
점 선면
점 선 면

간격의 공간

사각형의 사각형

너는 네모를 두려워하지 않으니까

자 종이

점선면 점선 면 점 선면 점 선 면

간격공간

각각형형

너는 동그라미를 두려워하니까

무아레

저기
너
간다

여기
나
간다

너의 뒤에 나의 앞

너는 나를 앞서가기로 하지 않았고

나의 앞에 너의 뒤

나는 너를 따라가기로

너의 뒤가 나의 앞

너는 너를 따라가는 나를 알지 못하고

나의 앞이 너의 뒤

나는 나를 앞서가는 너를 알고

있지 못하고

간다

저기
너
나
여기

무아래

너의 반원에 나의 반원

나의 반원에 그의 반원

그의 반원에 너의 반원

우리
가까웠고
우리
멀어진다

너의 반원에 그의 반원에 나의 반원에 너의 반원

우리 멀었고
우리 가까워진다

우리는 다시 멀어지기로 하고 멀어지는 우리를 멀어진 그가
보기로 하고

너는 나의 반원을 들고
나는 너의 반원을 들고

그는 원반던지기

무이레

바닥 달리기 해가 내리니까 바람이 오니까 발바닥이
평평하지 않으니까 무릎에서 소리가 나지 않으니까 어디로 저기로
언젠가 바깥이 되는 곳으로 너와 나는 나와 너를 등지고 달리기로
한다 바닥 달린다 해를 맞으며 바람에 맞서 곡선 발바닥으로
들리지 않는 무릎으로 언젠가 바깥이 되는 거기 도착 뒤돌아 다시
서로를 향해 달린다 바닥 해와 함께 바람과 함께 너를 향해 나를
향해 달리기 언제나 중심인 곳으로 이제 멈춤 다시 등지기 서로를
바닥이 해가 바람이 발바닥이 무릎이 있으니까 네가 내가
있으니까 서로를 등질 수 있으니까 서로를 향할 수 있으니까
그렇게 원을 그릴 수 있으니까 바닥에

무이래

　　점. 점점. 너는 걷고. 종종. 나는. 점점. 점. 너를 보고. 보고
있고. 보고 있음. 있음. 점. 점점. 점. 너를 뒤따라. 가고 있고. 뒤.
따라가고. 있고. 있음. 점. 점점. 종종. 점. 너는 점점. 점점 점.
점점 점점. 종종 나는. 점점 나는. 점점 너를. 뒤따라. 점점 점 종종
점점 점점. 가고 점 있고. 점점 있음. 점.

ㅇ

　　시 이 소 오 시소에서 모아레 아이 눈 내려 내림 모아래 눈
아이 올라 오름 모이레 요요는 요 요 모이래 누응 누운 눈 코 에 에
코 고 고 므아레 오후 하루 봄 밤 므아래 모래 내일 모레 렘 레몬
레몽 레모 므이레 남은 말 ㅇ은 이오 요 요 요요는 응 ㅇ ─ ㅇ
므이래 이응이 되는 응 ㅇ이 같은 동그라미가 다른 동그라미로
몸을 동글리기 동그래지기도 동그라지기도 ㅇ이라서 그러다
사라지기도 양이라서 그래도 남아 있음 남을 수 있음 이응으로
ㅇ으로

오후

방에 창이 있다.
창가에 의자가 있다.
풀과 나무.
정원이 아닌 곳.

아무개의 호주머니

외투를 걸치면 희미해지지 않고

낮이 아닌 시간이 오고

있고

방에
창

창에
의자

풀 과 나 무

정원이 아닌 곳에

낮이 아닌 시간에

어둡게 기다리는 이름들

이름을 이루는 소리들

더 어둡기를

기다린다

사라지지 말고

3부

반수면

등

들어가는 사람.
그림자로 길어진 방으로.

110

김뉘연

작가, 편집자. 〈문학적으로 걷기〉, 〈수사학: 장식과 여담〉, 〈시는 직선이다〉, 《비문: 어긋난 말들》, 〈마침〉, 《방》 등으로 문서를 발표했고, 『말하는 사람』과 『부분』을 썼다.

모눈 지우개
김뉘연

1판 1쇄 발행 2020년 8월 14일
1판 2쇄 발행 2022년 5월 10일

© 외밀 http://kimnuiyeon.jeonyongwan.kr
ISBN 979-11-957486-0-0 03810
값 15,000원

　　　이 도서의 국립중앙도서관 출판예정도서목록(CIP)은 서지정보유통지원시스템
　　　(http://seoji.nl.go.kr)과 국가자료공동목록시스템(http://nl.go.kr/kolisnet)에서
　　　이용하실 수 있습니다. CIP제어번호: CIP2020027160.

후원 서울문화재단
　　　이 책은 서울문화재단 '2019년 창작집 발간 지원 사업'의 지원을 받아
　　　발간되었습니다.